L'EPITHALAME ROYAL,

DE LOVYS XIII. ET D'ANNE D'AVSTRICHE.

Dedié à leurs Majestés.

A BOVRDEAVS,

Par PIERRE DE LA COVRT Imprimeur & Marchant Libraire.

M. DC. XV.

IRE,

Ceste Muse Bordeloise glorieuse de voir accomply l'heureux Mariage de vostre Majesté au lieu de sa Naissance, s'est essorée à plein vol de le chanter: ne s'auançant que comme vne Aurore pour deuancer le jour & la gloire de vostre Nom. Si ce luy à esté trop de temerité de l'entreprendre, ce luy eust esté trop de l'ascheté de ne poursuiure pas: d'ou reduite entre deux extremités elle à choisi celle du Siecle de n'estre si tost lasche que temeraire. Elle ne recherche d'autre ſeureté, ne deſire d'autre bonheur à ſon deſſein, ſi ce n'eſt que par le ſupport de voſtre faueur Royalle, le jour de ſa ſortie luy ſoit vn jour de bon genie, & de bon augure, comme il l'eſt eſgalement à la France, & à l'Eſpagne par la perfection de voſtre alliance : & ne ſouhaitte d'autre recompenſe, ſi ce n'eſt que par la grandeur de la debonnaireté qui reluit en vous. Voſtre Majeſté ne dedaigne de receuoir le bas, & l'humble preſent de ſon ouurage.

L'EPITHALAME ROYAL.

POur chanter ce iourd'huy la gloire
D'vn grand Hymen si dignement,
Qu'il en soit à tousiours memoire
Aux Siecles qui nous vont suiuant,
C'est ores qu'il faut que ie tire
Des fortes Langues de ma Lire
Des discours montés sur mes Vers,
Qui ne trouuent point de barriere
Digne d'arrester leur carriere
Que les bornes de l'Vniuers.

A ce subiet ma calliope
Qui tous les soirs guide le bal,
Et qui carole auec sa Trope
Aupres de la source au Cheual:
Enfle mon haleine de sorte.
Qu'il me luy faut ouurir la porte,

Et donner place à la fureur,
Qui si fort mon Cœur enuironne
Qu'il faut que par la Bouche il sonne
Ce Mariage & son honneur.
Quand le Ciel d'vne chaisne forte
Par tout serrée à clous d'Aimant,
Fermant de la guerre la porte
Auec des clefs de diament,
Eut vny l'Espagne à la France,
Et guidant a mesme cadance
Ces peuples de diuerse humeur,
Eut fait de leur antipathie
(Par miracle) vne simpathie,
D'vn goust, & de mesme couleur.
Quand par vn fatal Mariage
Nostre Roy se fut arresté
Par chois, dans le sacré cordage
D'vne semblable Maiesté.
D'vne Princesse sage & belle,
D'vne graue grace immortelle:
Qui paroit comme dans vn pré
Diane, auec sa demi-bote
Sur la riue du Fleuue Eurote
Qui est a son Frere sacré:
Le Ciel, pour donner tesmoignage
Du plaisir qu'il en receuoit,

Le matin par heureux presage
A la main Senestre tonnoit.
Le Soleil arresta la bride
Des Coursiers souffleiour qu'il guide,
Iunon sur l'aisle des Zephirs,
Auec la Venerable Rhée
Donna le signal à l'entrée
Connu des amoureux desirs.

La Plaine orageuse & profonde
Des Poissons l'humide seiour,
Sans plus, sans rides, & sans onde,
Voulut paroistre tout ce iour;
Comme s'y l'Alcion encore
Bastissoit le nid qu'elle honore,
La Terre vint à sesbransler,
Et les croupes haut esleuées
Des Alpes, & des Pyrenées,
Se voulurent entre-accoler.

D'Olympe, qui passe les nues
Le paisible logis des Dieux,
D'Atlas aux espaules chenues,
Et du Vesuue furieux,
Les larges Fondemens bransterent:
Et les Testes se saluerent
Du double Mont, dont les Lauriers
Eurent les branches effueillées,

D'autres cheueux renouuellées
Bien plus nobles que les premiers.
Quand les neuf sçauantes Pucelles
Qui touchoient des airs inconnus,
Afin den fournir des Modelles
Aux Esprits par vertu connus.
Quittans leur chansons fredonnées.
De ces prodiges estonnées,
Montent d'vn pas prompt & leger,
Afin dapprendre de leur Frere
Le secret caché du Mystere,
Qui peut leur esprit alleger.
Apollon voyant ceste Bande
Qui humblement le requeroit,
Contant accorda la demande,
Et leur dit ce qu'il en sçauoit.
Scachez mes Sœurs que mon Parnasse
N'a changé sans subiect de place,
Car il à voulu signaler,
Par ses deux racines esmeües
Des Nopces dans le Ciel esleues,
Que la Terre doit assembler.
Mes Lauriers à fueille perdüe,
(Ornement des victorieux)
Leur estant aussi tost rendüe,
Par vn effect misterieux :

S'esbranlans à ceste Alliance
Comme ils le font à ma Presence,
Tesmoignent qu'ils seront cueillis
Bien tost, pour remarquer la gloire
Tournez en Chapeaux de Victoire
Du grand Roy de la fleurdelis.
C'est ce Roy, que la Destinée
A fait au monde sans esgal:
Qui prend soubs les lois d'Himenée
En main le flambeau nuptial.
Digne heritier de ce Grand Pere
Qu'estonné l'Vniuers reuere,
Et le fait digne d'vn Autel:
Iamais ma course vagabonde
Depuis que ie cours par le Monde.
Ne m'a descouuert rien de tel.
Pour tant de raisons il est heure,
Et c'est mes Sœurs vostre deuoir,
Sans plus tarder vostre demeure
De marcher, pour vous faire voir
Parmy ces nopces attendues:
Prenes vos Lyres mieux tendues
Et vos Luths de riche façon,
A fin que la luisante Troupe
De nouueau ses pas entrecoupe
Au bel aïr de vostre chanson.

Allés doncques Bande sacrée,
Marchés Filles au los fameux,
Coures vers le profond Nerée
Et fendes ses flots escumeux.
Vostre Musicque meditée
Ne fut iamais plus apprestée
Pour un subiet de si grand pris:
Iamais vostre Bouche façonde
Des Dieux, des Hõmes & du Monde,
Na rien de semblable entrepris.

Apres ces parolles narrées
Du Cynthien par verité.
Les Muses se sont accoustrees
Bien tost au voyage arresté,
Et marchent d'une plantë isnelle
Comme Iunon quand elle attelle
Ses Paons au caresse connu,
Et la bride en main qu'elle guide
Son Char à grand vol dans le vuide
Sur lequel il est soustenu.

Si bien qu'elles sont arriuées
Au bord du Royaume salé,
Et sur luy sans estre estonnees
Leur corps souple elles ont calé:
Ainsi que l'Arc, ou la Nature
A broyé sa viue teinture

Coule dans la Mer d'vn grand pas,
Quand Iunon estant en colere
Presse sa prompte Messagere
D'aller trouuer Thetis la-bas.

A proms genous, & mains ouuertes
De leur corps haut & bas vonté,
Elles coupent les ondes vertes
De l'vn & de l'autre costé.
Haussant l'Or de leur Tresse blonde
Parmy leur course vagabonde
Sur le dos des flots esprouues,
Comme des Cygnes qui se plongent
De ranc en l'Eau, & qu'ils allongent
Leurs cols en Ondes esleues.

Mais fendās la Plaine tranquille
De la façon qu'on void voler
D'vne aisle coup sur coup mobile,
Et puis coye, l'Aigle dans l'Air:
Chantent de si douces merueilles,
Qu'Aeole fit change en oreilles
De sa Bouche esbransle-rocher.
Des Dauphins layme Lyre troupe
Des plus de son Eschine coupe
Les Ondes, pour les approcher.

Glauque Polemon, & la bande
Des vieux Tritons aux cornets tors,

Que le Dieu du Trident commande
Hausserent leur Teste dehors,
Et voyans ces belles Deesses,
Oyans ces douces Chanteresses,
Rangez par ordre à double ranc,
Battent l'Eau du ply de leur queüe
Et se poussent sur l'Onde esmeüe
De bras, de poitrine, & de flanc.

Le bruit sur le dos de Neree
Si profondement resonna,
Que prenant sa Fourche aceree
Neptun' sa Sale abandonna:
Et soudain auec sa Charrette
Parut dessus l'Onde subiette,
Poussant ses genereux Cheuaux:
Qui courroint à bride abbatue,
Et souffloint l'Eau qu'ils auoyent beüe
A gros bouillons par les Naseaux.

Tandis les Vierges de Permesse
A tour de bras ont deualé,
Et quitté de prompte allegresse
Le flot amerement salé,
D'ou se coulans sur la Garonne,
Trois fois ceste Troupe enuironne
A main, sa face de son eau:

Trois

Trois fois cachant sa cheuelure
Chasque Muse à fait ouuerture
Bien auant dans ce flot nouueau,
Aux Limites de l'eau salee,
La bande du Peuple escaillé,
Au fonds de l'eau s'est escoulee
Apres auoir prou trauaillé,
Cependant la Troupe neufuaine
Se poussoit d'vne forte haleine,
Taschant darriuer de saison,
Pour chanter à la matinee
L'honneur de l'heureux Hymenee,
Porté sur l'air de sa chanson.
Si que sortans la plante humide
Hors le moete seiour des flots,
Les Muses sur le sable aride
Marchent d'vn pied viste & dispos,
Et tant qu'elles sont arriuees
Trois à trois à bras appuyees,
Quand la Lune à son plein reluit
Contre la Cité renommee,
Dessous sa porte non fermee
Attendans la fin de la Nuict.
Mais lors que sous l'Estoile brune
De Vesper aux rayons dorez,
Ces filles frappoyent de Neptune

Les habits de bleu colores,
La Garonne auec les Driades,
Les Napees, les Oreades,
Couuertes de Ioncs & roseaus,
Et ceinturees d'vn ramage
Tiré par chois de leur bocage,
Ou du bord sacré de leurs eaus.
Partent auec leur cheuelcure
Ondoyante a plis argentes,
Qui s'en alloit à l'auenture
Sur l'vn & l'autre des costes:
Leur robe courante & legere
Estoit faicte de cheneuiere,
Ou de fin lin, dont la couleur
Qui paroissoit si bien empraincte
Sur ceste chemise desceinte
Estoit de pers, d'eau, & d'Azur.
Ceste troupe ainsin accoustree
Marche droit au Palais Royal,
Alors que la tarde Seree
Des Astres rameine le bal,
Pour parfaire son entreprise:
Mais desia la place estoit prise
Par les Filles de la Cité,
Qui par leur deuoir obligees
Estoyent de long-temps engagees

A ce chant de Nuit vzité.

Le teint porté par ces Pucelles
Estoit de Roses, & de Lys,
Dont on void aux Saisons nouuelles
Les Champs à foison embellis.
Leur poil d'or, que Zephire pousse
D'vne delicate secousse,
Dessus l'espaule s'esbatoit:
Tresse qui paroissoit plus belle
Que celle d'Apollon, ou celle
Que l'Amour ce iour y portoit.

Leurs yeux vers auoint tant de grace
Qu'ils seruoint de soulphre à l'Amour,
Tant d'attraits les traicts de leur Face
Qu'ils rauissoint tout à l'entour,
Et leur Sein bossé qui pommelle
Poussoit vne enfleure iumelle,
Qui se voyoit à descouuert,
Ainsi qu'on void en May les Roses
Qui ne sont pas encor escloses
Monstrer le rouge par le vert.

Ces filles estoint atournees
De mille Ioyaux precieux,
Auec les Testes couronnees
De chapeaux de fleurs curieux,
Ou paroissoint en bienseance

Par beaucoup d'art les fleurs de France,
En haut, en bas, & à costé,
Sur les belles marqueteries
Des genereuses Armoiries
De l'Espagnolle Majesté.
Leurs Robes toutes lumineuses
Ne marquoint rien de superflu,
Ou de cent façons merueilleuses
Se haussoit l'Or en Cypre esleu.
La trou Lyons ouurans la bouche
Demarchoint de façon farouche,
Leur corps dans les plus se tournoit
Et se fussent iettez en place
Si la chaisne qui les enlace
Des Fleurs de Lys, ne les tenoit.
Icy paroissoit irritée
La Mer, qui ses ondes rouloit,
Qu'en courroux auoit excitée
Le fier Aquilon qui soufflait,
Menacant de certain naufrage
Vne grande Nef de passage:
Quand voicy le Poisson Royal,
Qui haut porté sur la marine
Fendant l'Eau du pli de l'eschine
Remit les ondes a legal.
Et là l'annonce-Iour Aurore

Estendoit ses cheueux d'orez,
Quand au matin elle decore
Le Ciel de bouquets colores.
Les Cheuaux à rouge criniere
Suiuoint ceste Aube matiniere,
Que Phœbus venoit d'atteller:
Afin de fournir sa carriere
Suiuant la tortueuse Orniere
Dedans les Campagnes de l'Aër.

Plus loin la Trouble-Estats Discorde
Dans des Cœurs du Soulphre mettoit,
Et puis par le bout d'vne corde
Le feu dans le Soulphre portoit,
Vne flamme soudaine brille,
A mesme instant le feu petille,
Qui fait moins de mal que de bruict:
Car sa fureur est consumée
Dans la nüe d'vne fumee
Qui dans l'Air à replis se suit.

Ces Filles de ranc sont venues,
De la façon qu'on void voler
Par ordre, vne Troupe de Grues
Bien haut dans le Serain de l'Air.
Ausquelles on ouure la Sale
Soudain de la Couche Royale,
De laquelle tournant autour

Haussent leur Chanson par mesure,
Tandis que par la Nuit obscure
Les Flambeaux ramenoyent le jour.
Bien-heureuse soit la Iournee
Et bien-heureux l'Astre qui luit
Par vne course retournee
Parmy les Flambeaux de la Nuict.
Les riches Medailles dorees
Estans en leur Tour honorees
Le Ciel ne puissent pas quitter,
Et la Nuict son Char ne recule
Comme elle fit au temps qu'Hercule
Fut engendré de Iupiter.
Que tu sois a Iamais fameuse
Nostre Cité par l'Vniuers,
Qu'oncques Poëte ne refuse
De porter ton los sur ses Vers;
Que Iamais la rude Froidure
Ne priue ton sol de Verdure,
Que tes Champs soient tousiours Fleuris
De cent Couleurs qui l'embellissent,
Ou par sus tout s'espanouissent
Les odorans sceptres des Lys.
Grād Prince d'vn plus doux Martyre
Ton cœur ne deuoit estre espris,
Ta Vertu ne pouuoit estire

Vne Royne de plus grand pris,
Ny de beauté plus excellante
Quand bien de la Grecque Atalante
Les pas tu aurois esprouué,
Par vne Course genereuse
Sans craindre la fin hazardeuse
Que tant d'Amans auoint trouué.

Dessus la Racine du Monde
Princesse, on neut troué pour Toy,
Vn autre Prince, qui responde
A la grandeur de nostre Rey:
Hector neut point tant de Courage
Ny tant de vertus en partage,
Non celuy qui s'en fit Vainqueur,
Bien qu'il semble que sur la Terre
Rien ne puisse esgaler en Guerre,
De ces braues Heros l'honneur.

Le Ciel qui par ordre chemine
Toute la Terre obligera,
Quand dans neuf mois de ta gesine
Vn beau Fils il exigera:
Lequel portéra dans sa Face
Le Teint, les beautez, & la grace
De sa Mere, & dedans le Cœur
De son Pere aura la Vaillance,
Pour par la Force de sa Lance

Du Croissant se faire Vainqueur.
Que le Ciel a Iamais benisse
Cet Hymen qu'il a mu a fin,
Que Iamais ce nœud ne finisse
Par la Parque ou par le Destin,
Qua Iamais le bon-heur s'assamble,
Sur Anne, & Louys Ioints ensemble,
C'est le but de nostre Chanson,
Et le vœu dont elle est bornee
O Hymen, Hymen, Hymenee
Que nous dirons chasque Saison.
Il estoit Minuit, & ja l'Ourse
Qui par douze Estoiles reluit,
Tournoit vers le Bouuier la Course
Du Chariot qu'elle conduit.
Quand ceste Troupe retiree
Quitta de la Sale l'entree
A la Garonne, qui les suit
Auec ses Nymphes apprestées,
Qui sur le Lict font leurs Iettées
De Fueilles, de Fleurs, & de Fruit.
Cesse ta clarté coustumiere
(Ce disoint) chaleureux Flambeau,
Puisque ta course Iournaliere
Ne vid Iamais rien de si beau,
Puisque ta Cheuelure blonde

A ce

Ne donne tant de Iour au Monde
Comme fait ores ceste Nuit:
Ou les Amours brillent sans cesse
Des Yeux, des Mains, & de leur Tresse,
Vn feu qui Sainctement reluit.
Bien souuent sous la Nuit obscure
Les Dieux leur Amour ont caché,
Sous l'aduen de sa couuerture
Rendans leur desir estanché.
Mais onc pour vn tel Mariage
La Nuit n'a porté tesmoignage,
Pource douce Nuit desormais
Nous marquerons en la Memoire
Que tu seras la seule gloire
Des Nuits qui seront à Iamais.
Que de vos Amours si bien nees
D'vn Siecle fuyant peu à peu,
Par ses cent courses retournees
Ne se puisse esteindre le feu,
Que dans vostre Louure reside
Le Sacré troupeau Pieride,
Et que pour fournir l'œuure Sainct
Chasque Grace à son tour y vienne,
Auec la chaste Cyprienne
Estrainte de son demiceint.
Nous qui nous gardons es Bocages

Tousiours de verdure couuerts,
Nous qui courons sur les Riuages
D'herbe & de mousse tousiours Verts,
Nous qui reposons dans les Prees
De mille couleurs Diaprees,
Nous ne trouuerons Arbrisseau
Dont l'Escorce ne soit marquee,
Des chiffres, & de la liuree
De ce Mariage nouueau.

Sur les Monts de nostre Contree
Nous esleuerons des Autels,
Nostre Eau sera toute Sacree
A vos Noms qui sont Immortels:
Qu'Anne tousiours Louys enserre
Plus que la Vigne, ou le Lyerre
Ne serre l'Orme, & les Rameaux,
Afin d'auoir bien tost lignee,
O Hymen, Hymen, Hymenee,
Chant futur à nos Pastoureaux.

Ainsi ces Nymphes acheuerent
D'accord, & d'ordre leur dessein,
Et pour prendre congé ietterent
Des Fleurs qui restoint en leur Sein.
Cepandant l'Aurore perleuse
Poursuiuoit la Nuit Tenebreuse
En haste, pour monstrer le Iour,

Et par les barrieres decloses
Du Ciel, sortant ses doits de Roses
Les allongeoit tout à l'entour.

Le Matin, les doctes Pucelles
Ayans par mesure apresté,
Les Cheuilles, & Chanterelles
De leur Luct aussi tost monté:
Quittent la Riue Sablonneuse,
Et dedans la Ville fameuse
Entrent d'vn port plein de grandeur
Poussans du fons de leur Haleine
Vne douceur, qui Sabeenne
L'Air d'autour embasmoit d'odeur.

Ceste troupe estoit regardée
D'vn Grand Peuple, qui l'admiroit,
Et qui soudain comme vne ondée
En foule à sa suite couroit,
Tout s'ouuroit à luy faire place
Sous les clefs de sa bonne grace
Et le Bedeau de sa beauté,
Qui par la force de ses charmes
Fit baisser aux gardes les armes
Rauis de telle nouueauté.

Et cepandans par le Silence
Du Peuple qui marchoit espais
Tout doucement elle s'auance

Dedans la porte du Palais,
Lors que Phœbus tira de l'Onde
Le riche Or de sa tresse blonde,
Desireux d'entendre les Vers,
Que ses Sœurs Filles de Memoire
Deuoint entonner à la Gloire
Et des Myrthes, & des Lauriers.
Doncques sur l'vne & l'autre Corde
D'vn ton haussé dedans les Cieux,
Le pouce des Muses Accorde
Cent aïrs beaux & Delicieux,
Qui par leurs puissantes Merueilles
Tiroint l'esprit par les Oreilles
Comme par vn doux Hameçon:
Et finissant, toute la trope
D'accord fit signe à Calliope
De donner l'air à sa Chanson.
Elle faisant la reuerence
D'vne profonde humilité,
Mit en ordre sa contenance,
Et dit auecques Grauité.
Prince que le Ciel a faict naistre
Pour vn Iour dans la main te mettre
La bride de tout l'Vniuers,
Pour par l'effort de ta Puissance
Faire garder tes Loix de France,

Dans

Dans les Empires Estrangers.
Tu tireras du sanc d'Austriche
Vn Diamant plus precieux,
Vn Ioyau qui sera plus riche
Que tout ce qu'on void sous les Cieux:
Des baisers de ceste Princesse
Vn beau fils rempli de proüesse,
Qui sous toy donnera ses lois
Sur le Sein fecond de la Terre
Ou soit en paix, ou soit en Guerre,
Aux Tourbes des plus braues Rois.
De ce sainct & chaste Hymenee
Tu receuras auec le temps
Les fruits au bout de chaque Annee,
Les delices de tes vieux Ans.
Vne troupe de braues Princes
Qui sous toy tiendront les Prouinces
Que ta valeur aura conquis:
Des filles en qui la Nature
Vuidera sans tenir mesure
Ses thresors, qui sont Infinis.
Et toy digne Reyne de France
Belle Estoile aux rayons dorez,
Qui luy rends par ton Influence
Les premiers siecles deuorez:
Qui loin en chasses les nuages,

La Nuit, la peur, & les Orages,
Tu tiens de Cœur tout arresté
Par l'effort d'vne douce Guerre
Le plus braue Roy que la Terre
Sur ses flancs ait Iamais porté.
A peine l'Auril de son Aage
Aura d'vn encrespé Coton
Marqué le bord de son visage,
Et fait le tour de son menton,
Que dressant vne forte Armee
Aux Coups du Combat animee
De son beau-Pere secouru,
Il s'en ira trancher la vie
Au puissant Tyran de l'Asie
D'vn bras Victorieux feru.
Il guidera les Troupes fieres
De ses Inuincibles soudars
Vers les Allemagnes Guerrieres
Qui courront sous ses Estandars:
Et marchant auant dans la Plaine
Ou le Vent pousse plus d'haleine,
Il sera suiui des Polons,
Et deschargera sa Tempeste
Sur ceux qui voudront faire Teste
Les Gots, les Scytes, les Gelons.
Puis courant auec hardiesse

Ainsi qu'vn Torrent furieux,
Il entrera dedans la Grece
Pour s'en faire Victorieux.
Et soudain faisant prendre place
A son Camp au milieu de Thrace,
Constantinople estonnera,
Qui ne creut iamais orgueilleuse
Qu'vne Armee Victorieuse,
De si pres la deffiera.

Alors la prompte Renommée
Fera de merueilleux recits
De la valeur de son Armée
Parmy le Peuple Circoncis,
Et si fort sonnera la gloire
Auec l'honneur de la victoire
Prochaine, de ce braue Roy,
Que les priuant de tout courage
Ne leur lairra pour Equipage
Que peur, que Tumulte, & qu'effroy.

Soudain on ouurira les Portes
De la Ville aux sept Monts bossus,
A Cent, & Cent braues Cohortes,
Afin de gaigner le dessus
Sur son camp, ou pour faire Teste,
Au bruyant Cours de sa conqueste:
Mais par vn courageux effort,

Suiuy de ses Troupes hardies
Ledans les bandes ennemyes
Il fera promener la Mort.
Comme on void descēdre en la Plaine
L'orgueil d'vn Escumeux Torrent,
Qui Bois, Terre & Maisons emmeine,
Grondant, murmurant, & courant:
Tout fuit, tout suit, tout s'abandonne.
Au courroux de ce flot qui tonne,
Ainsi vainqueur il ionchera
De corps espais toute la Terre,
Poudroyant en foudre de Guerre
Tout l'effort qu'il approchera.
Lors de ses Pays Tributaires
L'Ottoman enuoira chercher
Ses Bachas, Agas, Ianissaires,
Pour leur secours faire approcher:
Son ame estant toute surprise
De peur froide, & de couardise,
Mais ayant assemblé son Ost
Si nombreux, qu'il semble l'Arene,
Ou les flots que la Mer enchaisne,
Il paroistra tout aussi tost.
Il courra le lonc de la plaine,
Desesperé de se vanger.
Commandant chaque Capitaine

De ſa Troupe au combat ranger:
Ce qu'eſtant fait, ſoudain il baille
Le ſigne en l'air, de la bataille,
Tandis que ton Prince François
Aux ſiens aſſeure l'Eſperance
De vaincre, de ſa contenance,
De ſon courage, & de ſa vois.
Ne craignez que ceſte Canaille
(Dira-il) courageux Guerriers
Face vne entrepriſe qui vaille
Sur la gloire de vos Lauriers.
Deſia voſtre premiere audace
Leur à marqué dedans la face
La couleur qui n'a point de ſanc,
Et ſi toſt que de voſtre eſpee
Leur poitrine ſera frappee
Ils quitteront l'ordre, & le ranc.
Apres ces mots les Camps s'auancent
L'vn coy, l'autre auec grand clameur,
Et puis peſle-meſle s'eſlancent
L'vn parmy l'autre de roideur,
Ce ne ſera qu'vn grand rauage
Que ſanc, que mort, & que Carnage,
De plombs, de Maſſes, & de fers:
Le Canon d'vn fumeux Tonnerre
Faira trembler toute la Terre,

Le Ciel, la Mer, & les Enfers.

On n'a point veu deux fortes Nues
D'vn, & d'autre costé de l'Air,
Par le Vent Aphriquain Esmeues
Plus rudement s'entrechoquer:
L'Air semble en flammes se dissoudre,
Le Ciel en esclats se descoudre,
Quand Iupin pousse ses cheuaux
Garnis d'vn horrible Equipage,
Ronflans les Esclairs, & l'Orage,
Dans le creux espais des Nuaux.

Lors ton Grand Louis qui s'eslance
Sur vn grand Cheual escumeux,
Ru'ra bas du coup de sa Lance
Des Ennemis le plus fameux,
Et se portant parmy les bandes
De force, & d'horreur les plus grandes
Se faira Iour par le Milieu:
Estant tenu par ses Gens-darmes,
Et de ceux qui fuyront ses Armes,
Quelque Demon, ou quelque Dieu.

Car tout ainsi qu'vn ardant foudre,
Le Coutelas dedans la Main,
Il renuersera tout en Poudre.
De Courage, & de courraux plein,
Et plus Vaillant à la poursuite

Pour tourner tout le Camp en fuite
Faussera tout de tous costez,
Si que finissant sa Carriere
Ne verra plus que par derriere
Ses ennemis espouuantez.
Le faucheur à perte d'haleine
Et suant à grand tour de bras,
Ne fait pas tomber de la Plaine
De ranc tant de Cheueux a bas,
Depuis que Phœbus se resueille
Iusqu'a ce qu'il faut qu'il sommeille:
Comme on verra de Turcs gresles
Par la force de son Orage,
Faisans de sanc vn long riuage
L'vn dessus l'autre amoncelles.
Surquoy poursuiuant sa Victoire
Suiuy de son Peuple Chrestien,
Ses Soldats, il menera boire
Dans le Bosphore Thracien:
Et d'vne prompte diligence
Ouurir il fera de Bisance
Les Portes, à son Ost François,
Suiuant auec Ceremonie
Pour accomplir la Prophetie
Le Sainct Estendart de la Crois.
Sa Pieté sera marquee

Par son Deuoir en chasque lieu,
En faisant de chasque Mosquee
Vn Temple à la Gloire de Dieu,
Ou les graces accoustumees
Se rendront au Dieu des Armees
Pour auoir pour l'Ost combatu,
De l'Encens la fumee Espaisse
A replis ondoyans se presse
Dans l'Air de Prieres batu.

Lors les Seigneurs de l'Albanie,
Le Perse, auec l'Iberien,
Les habitans de l'Armenie,
Le Scyte, Mede, & Syrien,
Les Enfans de la Terre ingrate,
Ceux qui sont tout le lonc d'Euphrate
Viendront honnorer sa grandeur:
Et chacun enuoira le gage
De sa foy, & de son hommage,
Par vn notable Embassadeur.

En fin pour retourner en France
Pressé d'vn desir Violent,
Pour accomplir ton Esperance
Il delaissera l'Orient.
Departant les grandes Prouinces
Par ordre à chacun de ses Princes,
Qui se deuront à leur Vertu.

Et qui porteront tesmoignagê
Des beaux exploits de leur courage
Sur le Camp du Turc abbatu
Et cependant dessus Parnasse
Ioignans nos Lauriers genereux
Dedans le rond d'vn mesme Espace
Auec les Myrthes amoureux:
Nous bastirons vne Couronne
Afin qu'alors elle enuironne
Son Chef de plaisir & d'honneur,
Ainsi le veut la Destinee,
O Hymen Hymen Hymenee
Riche de gloire, & de bon-heur.
Mais quoy? pour marquer la Victoire
Du chef des plus braues Guerriers,
Vous n'auez point assez de gloire
Ny vous Myrthes, ny vous Lauriers:
Vostré valeur est trop petite
Pour vn Roy si plein de merite,
De ses faits la seule grandeur
Si haute qu'elle ne fait Ombre,
Et ses Vertus qui sont sans nombre
Feront sa Couronne d honneur.
Ainsi la Vierge de Permesse
Finit, inspirant dans le Cœur
De la Genereuse Noblesse

Des ſecrets eſlans de Valeur,
Et großit ſi bien le Courage
De noſtre Roy par ſon langage,
Que ſes Armes il demandoit,
Tout preſt (diſoit il) de Combattre
Et d'aller par ſes coups debattre,
La Couronne qui l'attendoit.

www.ingramcontent.com/pod-product-compliance
Ingram Content Group UK Ltd.
Pitfield, Milton Keynes, MK11 3LW, UK
UKHW021210230726
13926UKWH00001B/437